타이그

타이그

— 어느 말하는 개의 회고록

리처드 펠튼 아웃코트 지음

서다연 옮김

타이그
— 어느 말하는 개의 회고록

초판 1쇄 2024년 9월 30일
지은이 리처드 펠튼 아웃코트
옮긴이 서다연
펴낸곳 젤리클
펴낸이 정철수
등록 2022년 9월 7일 제2022-000056호
전화 02-3141-1917 **팩스** 02-3141-0917
이메일 imaginepub@naver.com
블로그 blog.naver.com/imaginepub
인스타그램 @imagine_publish
ISBN 979-11-982414-5-0 (04800)
      979-11-982414-3-6 (세트)

• 젤리클은 이매진의 문학과 에세이 브랜드입니다.

이 책은 *Tige - His story*, Fredrick A. Stokes Company,
1905를 완역했다.

디키와 메리 제인, 내 아이들에게

애정을 담아 이 책을 바칩니다

{ 차 례 }

부모님, 그리고 어린 시절의 나

엄마를 도와주려고 혼자 남은 나.

나이를 먹고 중년이 된 나는 결심했어요. 기억이 더 희미해지기 전에 견생에서 겪은 일들을 기록해야겠다고, 사랑스런 어린아이들이랑 친구로, 동반자로 지내는 행운을 누리고 있는 개들도 관심을 갖기를 바라는 마음으로 말이에요.

나는 오하이오 주 어느 마을에서 태어났고, 처음부터 뉴욕에서 살지는 않았어요. 엄마는 아주 화목한 가족이 키우는 하나뿐인 반려견이었어요. 가족들은 다정하게 대해 주고 먹을거리도 잘 챙겨 줬지만, 엄마가 집안 곳곳을 잘 지키기를 바랐어요.

다섯 남매를 부양하려고 엄마는 진심으로 열심히 집을 지켰어요. 나도 그 다섯 남매 중 하나였죠. 태어나서 여섯 주 정도 지나자 형제자매들은 다른 곳으로 입양을 떠나고 나만 엄마 곁에 남았죠.

나는 자연스럽게 밤에 집 지키는 일을 맡았어요. 엄마한테 일을 조금 배웠는데, 착하고 정직한 엄마가 밤에는 개집에서 편히 잘잘 수 있을 만큼 금세 능숙해졌죠. 물론 엄마가 빈둥빈둥 놀면서 지낸 개라는 말은 절대 아니에요!

엄마는 낮에 엄청 뜨거운 햇빛을 받으며 집을 지키

엄마는 밤 열 시까지 달을 향해 하울링을 했어요.

나는 항상 엄마의 발자취를 따르려고 노력했어요.

고, 어떤 날은 밤 열 시까지 달을 보면서 하울링을 했죠. 할 수 있다면 나도 엄마처럼 훌륭한 개가 되려고 노력했어요.

나는 말들이 시내까지 마차를 끌 때 함께 달리는 일을 맡았어요. 저녁에는 초원에서 집으로 소들을 몰았어요. 어느 개보다 잘한다고 어느 날 어떤 소가 그렇게 말했어요. 늙은 말 프리츠가 농장에서 가장 정직하다고 말한 소였죠. 나는 정직한 소를 좋아하는데, 사실 동물들은 대체로 정직하다고 생각해요.

가족들에게 훌륭한 반려견이 되고 가족들이랑 집 안에서 시간을 많이 보냈어요. 겨울 저녁 장작불 주변에

나는 언제나 진실한 소가 좋아요. 거짓말을 하지 않기 때문이죠.
그 소는 자기 우유가 탈지된 시간도 알려줘요.

앉아 저녁밥을 먹으며 가족들이 나누는 이야기를 많이 들었죠. 마차를 따라 시내로 가면 가족들은 우체국에 들러 편지를 받더라고요. 가족들이 저녁 밥상에 모두 앉으면 할머니는 안경을 쓰고 큰 소리로 편지를 읽었는데, 그때마다 나도 듣고 싶었죠.

매주 뉴욕에서 오는 편지는 언제나 '에밀리 보냄'이라는 말로 끝났어요. 가족들이 에밀리를 '아기'라고 부르더라고요. 그래서 에밀리가 나보다 여섯 달 정도 늦게 태어난 딸이라고 짐작했죠. 한 번도 본 적 없는 에밀리는 브라운이라는 남자하고 결혼해서 뉴욕으로 떠난 딸이라는 사실을 나중에 알게 됐어요. 편지에 그렇게 써 있었거든요.

2장

버스터 브라운을 처음 만난 날

내가 두 살하고 반이 된 어느 날 저녁, 에밀리가 아기랑 찾아와서 오래 머문다는 소식을 편지로 알렸어요. 이 소식에 가족들은 무척 기뻐하고 행복해했는데, 나도 그랬어요. 미친 듯이 뛰어오르고 짖으며 방을 돌아다녔어요. 내가 밖으로 나가고 싶어한다고 생각한 잭은 문을 열어 줬죠. 나는 어리석게도 밖으로 달려 나가느라 에밀리가 언제 온다고 알리는 편지 뒷부분은 듣지 못했어요.

그래서 나는 몇 날 며칠 가족들이 낡은 마차에 우르르 올라타고 역에 가는 날을 손꼽아 기다리고 또 기다렸어요. 말로만 듣던 그 아기가 보고 싶어서 죽을 뻔했죠.

드디어 그날이 왔어요. 집 안에서 온 가족이 술렁거렸어요. 피부색이 짙고 나이 든 아만다는 일찍 일어나 파이랑 쿠키를 굽고 주방 곳곳을 꼼꼼하게 문질러 닦고 있었어요.

언제나 친절한 아만다는 나를 좋아했어요. 그런데 그날은 얼마나 정신없고 바쁜지 나를 발로 뻥 차서 부엌에서 내쫓았죠. 내가 아침밥을 먹으려고 어슬렁거렸거든요. 머쓱해진 나는 바닥이나 핥으면서 아만다를 용서하기로 했어요.

기다리고 기다리던 시간이 되자 마차에 올라탄 가

버스터가 돌아서서 나를 보았어요.

족들은 기차를 맞이하러 역으로 출발했어요. 그렇게 기뻐하면서 크게 짖은 적이 내 견생에 또 있을까요. 아직도 믿을 수 없어요. 기차역에서 만날 사랑스럽고 작은 금발 아기가 내 견생의 동반자가 된다는 사실을 미리 알았다면, 나도 꽤나 진지하게 굴었을 거예요. 미래의 세계 최강 트러블 메이커이자 굽힐 줄 모르는 불굴의 장난꾸러기를 기다리고 있다는 사실을 그때는 전혀 몰랐어요. 그렇지만 사는 게 다 똑같듯 그렇게 됐어요. 평생 기쁨과 슬픔을 함께 나눌 꼬마 버스터 브라운, 바로 그 아기.

기적을 울리며 기차가 선로를 따라 플랫폼으로 들어오고 있었어요. 종이 울리자 기차는 놀라운 굉음을 내며 증기를 내뿜더니 속도를 늦추면서 천천히 멈췄죠. 할아버지가 나서서 에밀리와 아기가 기차에서 잘 내릴 수 있게 도왔는데, 그러자 플랫폼에서는 마치 자유형 레슬링 경기 같은 키스와 포옹 시합이 벌어졌어요. 누구 한 명은 꼭 다칠 듯했어요. 나를 신경 쓰는 가족은 아무도 없었죠.

나는 농장에 도착해서야 그 아기를 가까이 만났어요. 가족들이 잔디밭에 내려놓자마자 아기는 할머니가 가장 아끼는 화단으로 달려들었어요.

"엄마, 꽃 조심하세요!"

에밀리, 그러니까 버스터의 엄마가 깜짝 놀라서 소리쳤어요.

"어, 꽃 꺾어도 돼!"

할머니는 이렇게 말하고 버스터는 계속 달렸죠.

나는 달리는 버스터를 바짝 뒤쫓아 따라갔는데, 꽃에 다가간 버스터가 몸을 뒤로 돌리면서 나하고 눈이 마주쳤어요. 버스터가 나를 무서워했냐고요? 아니라고 해야겠죠. 버스터는 내 귀를 잡더니 내 입속에 손을 집어넣었어요.

3장

시골에서 즐겁게 놀기

내 작은 친구를 주의 깊게 지켜보며.

그 순간 우리는 처음 만났어요. 만나자마자 우리는 곧장 사랑에 빠졌죠. 그런 일로 칭찬받을 자격이 있는지 모르겠어요. 버스터가 나를 사랑하기 때문에 나도 어쩔 수 없었거든요.

그날부터 여름 내내 나는 버스터를 줄곧 지켰어요. 잔디에 누워 책을 읽는 척했지만, 버스터가 뛰어 놀다가 말썽을 부리려 할 때마다 내 눈길은 꼬마 친구에게 수없이 꽂혔죠.

벌들이 내 코를 마구 쏘기도 했는데, 버스터를 보호하는 임무가 내 몫이 아니라면 벌들은 내가 아니라 버스터에게 달려들었겠죠. 그날 버스터는 벌에 쏘이면서도 끝내 벌집을 뒤엎고 말았어요. 내가 열심히 나서서 겨우 수습했죠. 소나 말처럼 벌하고도 알고 지내는 사이였다면, 버스터가 다치지 않게 해달라고 부탁했을 텐데요. 벌하고는 한 번도 이야기를 나눈 적이 없었어요. 벌들은 말을 건넬 틈도 없이 늘 바빠 보였거든요. 그렇지만 벌들이 꽃들에게 속삭이는 모습을 상상한 적은 있었어요.

처음 할머니 집에 온 날 버스터는 작고 예쁜 드레스를 입고 있었어요. 그런데 농장에 사는 건강한 남자아이에게 그런 옷이 얼마나 알맞지 않은지는 금세 드러났죠.

그래서 가족들은 우스꽝스럽기 짝이 없는 멜빵바지를 부랴부랴 만들었고, 버스터는 날마다 아침이 밝으면 이 멜빵바지를 입고 신나게 놀았어요.

해가 뜨면 나는 버스터보다 먼저 일어나서 닭을 쫓고, 기웃기웃 참견하고, 잡다한 일들을 다 끝냈어요. 그러고는 버스터가 아침밥을 다 먹을 때까지 곁에서 기다렸죠. 아침 식사를 끝내자마자 우리는 멀리 나갔어요. 헛간이나 닭장에서 달걀 찾기, 개울에서 배 타기, 건초 말리는 아저씨들 보기 같은 중요한 일들을 해야 하거든요. 나는 밤에 엄마 품에 안긴 버스터를 보고 나서야 털썩 그 자리에 쓰러져 잠에 빠지기도 했어요. 버스터도 깊이 잠들었겠죠.

어떤 농장 동물들은 어린 남자아이를 대하는 법을 몰라서 버스터하고 친해지지 못했어요. 이를테면 나이 든 수컷 칠면조는 너무 근엄해서 작은 아이하고 재미난 장난을 치지 못했어요. 칠면조 톰은 허영심 때문에 비열하고 이기적으로 행동했어요. 톰은 버스터가 자기 주변을 서성거리다가 이내 감탄하면서 우러러보겠지 하고 생각했겠죠. 그렇지만 버스터는 전혀 그렇지 않았어요. 버스터는 그냥 칠면조 씨에게 다가가서 머리를 토닥토닥

두드리며 말했어요.

"꼬마 칠면조야! 가엾기도 하지. 꼬마 칠면조야! 가엾기도 하지."

그러자 모욕이라고 여긴 이 오만한 새는 자존심이 크게 다친 탓인지 길길이 날뛰었어요. 칠면조는 천천히 몸을 늘이면서 날개하고 꼬리를 펼치더니 공격적으로 달려들었어요. 버스터는 크게 웃으며 소리쳤죠.

"조심해, 꼬마 칠면조야. 그러다 터지겠어!"

무척 화가 난 칠면조는 농장을 뒤흔들 정도로 사납게 골골거리는 소리를 내며 버스터를 향해 뛰어들었고, 버스터는 멜빵바지가 걸리적거리는데도 아랑곳없이 재빠르게 허둥지둥 도망쳤어요. 가엾은 버스터, 짜증이 심한 존재를 세상에서 처음 봤나 봐요. 새와 벌과 꽃, 푸른 하늘, 졸졸 노래하는 시냇물과 시인들이 칭송하는 달콤한 것들이 지천으로 넘치는 여름 농장에서 말이죠. 그렇지만 걱정하지 마요. 내 임무는 그 추하고 사나운 칠면조의 꼬리를 잡아서 버스터가 도망칠 시간을 버는 일이고, 또 그렇게 했죠. 칠면조는 그날부터 나하고 한마디도 하지 않았어요.

장점도 많은데다가 착하고 멋진 칠면조이기는 했어

요. 나중에 그 친구 뼈를 먹게 됐는데, 정말 맛있었어요.
그때 쓴 작은 시 한 편을 옮겨 볼게요.

　　수컷 칠면조는 허영이 심하고 자랑 잘하고 거만하고 사악
　　하죠.
　　그렇지만 칠면조는 장점도 있어, 요리하면 맛있어요.

4장

뉴욕 아파트에 사는
오하이오 출신 강아지

달콤한 여름 내내 버스터는 온갖 타박상 자국을 모았어요. 계단에서 미끄러져 내려오기는 날마다 규칙적으로 하는 운동이었거든요. 보니까 하루에 한 번은 넘어지더라고요. 상상할 수 있는 모든 방법을 써서 매일매일 다른 자세로 내려와요. 머리부터, 발부터, 몸통부터, 오뚝이처럼, 터보건 썰매처럼, 통통 튀는 공처럼, 하늘로 향한 로켓처럼 말이에요. 버스터는 1초도 울지 않고 절대 단념한 적도 없어요.

마침내 여름이 끝났고, 돌풍이 작게 일 때마다 황금색 잎사귀들이 팔랑팔랑 떨어졌어요. 버스터 엄마 에밀리는 뉴욕으로 돌아가기로 결심했죠. 다른 가족들은 마치 처음부터 나를 브라운네 가족인 양 여기는 듯했어요. 진짜로 나를 뉴욕으로 보냈거든요.

기차를 타러 갈 때 마차를 쫓아가야 해서 많은 짐을 쌀 수 없었지만, 여벌 바지는 전부 트렁크에 잘 넣었어요. 아주 긴 여행은 나한테 새로운 경험이었는데, 어쨌든 우리는 뉴욕에 잘 도착했어요.

농장에서 큰 아파트로 옮기고 맞이한 변화는 멋졌어요! 아마도 당신은 내가 새롭게 알아야 할 일이 많았다고 생각하겠죠!

잠자리에 들기.

시골에서 태어난 내가 엘리베이터를 한 번도 본 적 없다고 생각하죠? 집이 그렇게 높을 수 있다는 사실을 몰랐어요. 7층에 처음 내려서 내가 받은 충격을 짐작할 수 있겠어요? 그런데 음식을 나르는 작은 승강기를 처음 본 날에는 저게 뭐지 하면서 정말 궁금했어요. 주방에 처음 간 날에는 내가 옷장이라고 생각한 곳을 연 요리사가 고기랑 채소, 빵, 달걀 같은 온갖 먹을거리를 꺼내고 있었어요. 요리사가 다시 그 옷장에 음식 쓰레기랑 폐지랑 쓰레기를 넣는 모습을 보기 전까지는 아무 생각이 없었어요. 그런데 그 요리사가 그곳에 대고 누군가에게 고함을 지르고 울부짖을 때는 영적 교류라도 하나 싶어서 덜컥 겁이 났어요. 그 일을 겪은 뒤 나는 세상에 무서운 게 없게 됐죠. 버스터는 내게 모든 일을 설명했고, 내가 도시 생활을 하는 동안 별난 일들 때문에 놀랄 때가 많을 수 있다고 말했어요.

브라운 씨가 어느 날 밤 나한테 주려고 목줄을 갖고 왔어요. 근사한 가죽끈에 황동 징이 군데군데 박혀 있었죠. 첫눈에는 정말 멋져 보인 목줄은 길을 갈 때 걸리적거리고 몹시 불편해서 금세 싫어졌어요.

뉴욕에서 벌어지는 이상한 일들에 적응한 덕분인지

나는 전화도 금세 다룰 수 있게 됐어요. 어느 날, 버스터랑 브라운 씨가 외출하고 나 혼자 집에 있었어요. 벽난로 앞 카펫 위에 누워서 졸고 있을 때 전화벨이 울렸어요. 나는 전화기로 달려갔고, 분명히 버스터가 말하는 소리를 들었어요.

"안녕!"

나도 대답했어요.

"안녕!"

"타이그 맞아?"

버스터가 물었어요.

세 번 짧게 짖어 대답했죠. 그러자 버스터가 또 말했어요.

"괜찮아요, 아빠! 타이그라고요, 분명해요!"

버스터가 다시 내게 소리쳤어요.

"타이그! 다섯 시에 헤럴드 광장에서 만나. 프랑스 식당에서 저녁 먹고 극장에 갈 거야!"

나는 대답했어요.

"좋아, 버스터!"

수화기를 내려놓고 옷을 갈아입으려고, 아니 사실은 목줄을 매려고 내 방으로 다시 갔어요. 바지를 입고

거리를 좀 어슬렁거리다가 그만 약속에 늦고 말았죠.

에밀리 씨가 버스터에게 반바지와 허리띠, 깃 달린 셔츠와 넥타이를 세트로 사 준 날, 버스터네는 시골로 이사하기로 결정했어요. 그 소식을 듣고 나는 기쁘기 그지없었어요. 버스터가 없다면 나는 답답한 뉴욕 아파트에서 절대 행복하게 살 수 없어요. 뉴욕 아파트는 남자아이나 개를 기르는 데 전혀 알맞지 않아요. 좁고 냉정한 도시에 갇혀 고통받고 영혼이 망가지고 마음이 비틀어진 모든 아이와 개들을 생각하면 가슴이 아파요.

5장

장난꾸러기 버스터

도시에 온 뒤 버스터는 장난을 많이 쳤어요. 이유는 간단해요. 도시에서는 할 일이 별로 없기 때문이에요.

어느 일요일 아침, 교회 갈 준비를 다 마칠 때쯤 엄마는 마지막으로 모자를 손질하고 예쁜 새 코트를 입고 거울로 보며 감탄하고 있었는데, 사랑스러운 아들이 엄마에게 살며시 다가가더니 광고지를 등에 붙였어요. 거기에는 이런 글귀가 인쇄돼 있었어요.

'멋진 가짜 물개가죽 코트, 단돈 20달러.'

내가 개라서 그런지 이런 장난은 보통 매질로 끝난다는 사실을 알았지만, 그냥 남자아이들보다 훨씬 예감이 좋을 뿐이에요. 그러고는 우리 가족은 교회로 향했어요. 버스터는 엄마를 따라 복도를 지나서 예배실로 들어가서는 예배 내내 의자에 천사처럼 앉아 있었는데, 엄마 등에 붙은 그 글귀는 다른 신도들에게 엄청 잘 보였어요. 나는 여자 사람이라는 존재를 잘 모르지만, 500달러짜리 새 코트를 입은 여자가 그런 글귀를 등에 매단 채로 북적이는 주말에 교회에 가고 싶어하지 않는다는 사실 정도는 잘 알아요. 예배가 끝난 뒤 엄마 친구가 다가와 그 글귀를 떼어 주면서 말했어요. 오늘 예배는 교회에 모인 모든 성도가 종교적 신념을 시험받는 아슬아슬한

교회에 가는 브라운 부인.

시간이었다고요. 집에 돌아와서 버스터가 입고 있던 코트 자락이 마구 펄럭거린 이유는 자세히 알아보지 않아도 되겠죠.

그때 버스터는 단단히 다짐했고, 얼마 지나지 않아 하루에 하나씩, 어떤 날은 하루에 세 개나 네 개씩 다짐하기도 했어요. 버스터는 절대 복수심이나 악의를 품지 않았어요. 심지어 스미스 씨에게 저지른 끔찍한 장난도 그저 재미 때문인데 불쌍한 스미스 씨가 장난이라고 받아들이지 못하는 이유를 이해하지 못했죠. 당신은 그 끔찍한 장난을 모를 테니까, 내가 들려줄게요.

스미스 씨는 늘 사람들에게 장난을 치고는 즐거워했어요. 그렇기 때문에 버스터는 스미스 씨에게 아무리 큰 장난을 쳐도 매는 안 맞겠다고 생각한 듯했어요. 버스터는 그 소식을 듣고 아빠가 커다란 선물을 주리라 기대했어요. 어느 날 우리 둘이 거리를 걷고 있는데 버스터가 양복점에 들어가더라고요. 그러더니 양복점 주인에게 스미스 씨가 오늘 저녁 여섯 시 정각에 세탁하고 다림질할 옷을 가져가 달라고 하더라고 말했어요. 재단사는 스미스 씨의 이름과 주소를 적었고, 우리는 양복점을 나왔죠. 그런데 곧바로 다른 양복점에 들어가서 재단사에게 같은 이야기를 전했어요. 재단사 열 명 정도에게 그날 저녁 여섯 시에 스미스 씨네 집에 오라고 부탁했죠.

이 일은 정말 끔찍하지만 더 큰 사건들의 시작일 뿐이에요. 우리는 그다음 열다섯 명이 넘는 세탁부를 만나 오늘 저녁 여섯 시 스미스 씨 집을 찾아와 세탁물을 수거해 달라고 말했어요. 그 뒤로도 세탁소 여러 곳을 찾아 같은 주문을 남겼죠. 동네에 있는 모든 꽃집에 들러 스미스 부인이 장미 두 다발하고 패랭이꽃 다섯 다발을 여섯 시에 집으로 배달해 달라고 하더라고 말했어요. 같은 방법으로 제과점 주인에게 사탕도 주문했죠.

"네, 외상으로 하시면 돼요."

버스터는 몇몇 가게 주인이 물어보는 말에 아무렇지도 않게 대답했어요.

버스터가 고기와 생선, 굴 등을 주문할 때는 나도 정말 싫었는데, 장난꾸러기답게 그저 장난을 치고 있을 뿐이었죠. 버스터는 정각 여섯 시에 스미스 씨네 집으로 찾아가면 석탄이나 돈, 옷을 얻을 수 있다고 적어도 쉰 명에게 말했어요. 거리에서 개를 팔고 있는 사람들에게도 스미스 씨가 개를 사고 싶어한다고 전했죠. 오후 내내 이 사랑스러운 작은 천사는 이런 식으로 사람들을 스미스 씨네 집으로 보냈어요.

다섯 시 30분에 우리는 우체국에 가서 스미스 씨에게 아주 긴 전보를 보내고 교환수에게 요금은 수신자가 부담한다고 말했어요.

집에 도착한 버스터는 엄마랑 아빠에게 스미스 부인이 한 말이라며 이렇게 전했어요.

"엄마, 아빠랑 저녁 먹으러 오지 않을래."

브라운 부부는 당연히 갔죠. 브라운 부부가 도착한 순간에 스미스 부부는 얼마나 멋진 시간을 보내고 있었는지 몰라요! 달려들어 싸우려고 하는 군중들과 폭동을 막고 질서를 유지하려는 경찰들로 가득했죠. 화난 사람 몇몇은 스미스 부부를 거칠게 위협했죠. 물론 주위의 동정과 도움이 절실하던 스미스 부부는 브라운 부부를 보자 반가워했어요.

그날 밤 엄마랑 아빠가 집에 돌아와서 보니 깊이 잠든 버스터의 머리맡에는 커다랗게 쓴 다짐 글귀가 붙어 있었어요. 다음 날 아침 아빠는 버스터에게 선물을 줬죠. 다른 사람을 웃음거리로 만드는 장난을 그만둔 지 오래된 스미스 씨도 다시는 그러지 않겠다고 그날 밤 맹세했대요.

다짐.

진화의 '잃어버린 연결 고리●'가 원숭이라고 주장하는 의견을 견딜 수 없습니다. 잃어버린 연결 고리는 이 오래된 세상이 낮과 밤 모두 아름다움과 즐거움으로 가득 차 있는 모습을 보지 못하는 사람이라고 생각해요. 어느 날 당신이 눈앞을 볼 수 없다면 어떻게 될까요? 꽃이나 해를 볼 수 없겠죠. 세상에 가득한 즐거움은 눈에 보여야 한다고 당신은 여기겠죠. 그렇지 않아요. 당신도 기쁨과 행복으로 가득 찬 세상을 볼 수 있어요. 잘 듣고 친절해지려고 노력하면 행복을 찾을 수 있어요. 세상은 이미 고통으로 가득하다고 불평하지 말아요. 가운 내고 잠시 모두 잊어요. 당신은 웃을 때 훨씬 멋져 보이거든요.

— 버스터 브라운

● 잃어버린 연결 고리(missing link)는 생물 진화 과정에서 중간에 나타났다고 추정은 되지만 화석이 발견되지 않아 증명할 수 없는 존재를 가리킵니다.

버스터 브라운이 자기랑 덩치가 비슷하게 만든 인형을 창밖으로 던진 일 기억나요? 물론 안 나겠죠. 당신은 거기 없었으니까요. 안타깝게도 엄마가 많이 놀랐거든요. 그렇지만 아무래도 말하는 게 낫겠어요. 그렇게 길지 않아요. 저녁에 엄마가 집에 들어올 때 버스터는 베게랑 수건으로 속을 채운 자기 잠옷을 창밖으로 떨어트렸어요. 잠옷은 정확히 엄마 앞에 떨어졌어요. 불쌍한 엄마는 엄청 충격을 받았죠. 엄마는 그 잠옷 덩어리가 버스터가 아니라는 사실을 알고는 정말 기뻐하면서 버스터를 쓰다듬고 사랑해 주고 사탕까지 먹을 수 있게 했죠.

6장

잭 삼촌 농장에서 살기
나이 든 말 보울리는 어떻게 달릴까

흠, 쓰다 보니 내 이야기에서 점점 멀어지고 있네요. 그런데 나는 그저 평범한 개일 뿐인데다가, 마지막 책이 되겠지만, 책도 처음 쓰거든요. 내가 버스터 이야기 말고 뭘 쓸 수 있겠어요? 시골로 이사하기로 결심한 브라운 부부가 버스터에게 새 옷을 사 준 날을 이야기하다 말았죠. 브라운 씨 남동생이 뉴욕 주 어딘가 농장에 살았는데, 이삿짐을 싸는 동안 잠깐 지내라고 버스터랑 나를 그곳으로 보냈어요. 잭 삼촌이 우리를 보고 얼마나 기뻐했을까요? 잘은 모르겠지만 눈이 붓도록 울지는 않았죠. 그래도 우리는 잘 지냈어요. 우리가 떠날 때 농장 가족들이 모두 깊은 탄식을 터트렸으니까요.

거기서 보낸 날들은 내 견생 최고의 나날이었어요. 작은 남자아이가 얼마나 많은 바보 같은 일을 생각하고 기어코 저지르는지를 처음 알게 된 그날들은 분명히 내 생에서 가장 즐거운 시간이었죠. 늙은 말 보울리에게 올라탄 날, 나는 웃다가 거의 죽을 뻔했죠.

늙은 말 보울리는 헛간 동쪽에서 북쪽을 보며 서 있었어요. 버스터는 보울리 등에 타고 싶어서 장작더미에 기대어 둔 작고 낡은데다가 낮은 안장을 갖고 왔죠. 자, 내가 말했잖아요. 늙은 말 보울리는 북쪽을 보고 있었

버스터가 사다리를 말의 남쪽 끝에 댔어요.

고, 버스터는 말의 남쪽 끝으로 가 말 등에 사다리를 대고 오르기 시작했어요. 버스터가 사다리 꼭대기에 올라가자 그 늙은 말은 조용히 걸었죠. 사다리는 쿵 소리를 내면서 쓰러졌고, 버스터는 바닥에 떨어져 구르고 또 굴렀죠. 늙은 말은 힐끗 보더니 웃으면서 방향을 바꿔 다른 쪽으로 걸어갔어요.

당신의 친구 버스터는 뭘 했을까요? 사다리를 집어들고 보울리를 쫓아갔어요. 보울리가 걷다가 멈추면 다가가서 또 사다리를 댔죠. 말이 사람처럼 장난을 좋아하지 않는다고 제발 말하지 말아요. 보울리는 버스터가 나를 자기 등에 태울 수 있게 일어났어요. 늙은 보울리의 등에 안전하게 올라타자 버스터는 사다리를 발로 차면서 말했어요.

"이랴!"

그러자 늙은 보울리는 달리기 시작했어요. 내가 보울리 등에서 튕겨 나오는 데 그리 오랜 시간이 걸리지는 않았죠. 나는 서커스 하는 개가 아니거든요. 버스터도 마찬가지고요. 버스터는 죽어라 매달려 있었어요. 늙은 말도 과수원까지 냅다 달렸어요.

내 다리가 나를 끌고 갈 수 있는 가장 빠른 속도로

뒤따라가 과수원에 도착해 보니 늙은 말 아저씨는 낮은 사과나무 가지 아래를 지나고 있었고, 버스터는 나뭇가지에 매달리면서 그제야 말 등에서 벗어났어요. 과수원을 천천히 달리던 보울리가 방향을 바꾸고 낄낄 웃었어요. 나무에서 내려온 버스터는 잠깐 기절했어요. 그날 저녁 늙은 말 보울리는 다른 말들하고 함께 목젖이 보일 정도로 웃어 젖히고 있더라고요. 늙은 말 보울리는 분명히 오늘 일을 말하고 있었겠죠.

7장

버스터, 돼지를 타다

뭐든 올라타려고 시도하던 버스터가 이 일로 도전을 멈췄을까요? 전혀 아니에요!

다음 날 버스터는 마구간에서 안장을 들고 나왔어요. 버스터는 내가 뒤를 쫓고 있는지도 모르더라고요. 버스터가 햇빛에 눈을 깜박이는 차분해 보이는 늙은 돼지에게 다가갔죠. 맞아요, 곧장 시작했어요! 버스터는 안장을 얹더니 돼지 등에 올라탔어요!

밖으로 나가기로 마음먹은 돼지는 일단 나가자 엄청나게 빠르게 달렸어요! 언덕 아래로 내려가면서 울타리로 돌진했어요. 나는 이 달리기가 어떻게 끝날지 알 수 있었죠. 그런데 이런 내 생각이 틀렸더라고요. 돼지가 다른 쪽으로 달려들 때 버스터는 돼지 등에 계속 매달려 있었어요. 돼지는 꿀꿀거리며 계속 달렸고, 쳐다보던 다른 많은 돼지들도 함께 달렸죠. 돼지들은 달리기 시합인줄 알았겠죠.

와, 내 견생에서 그렇게 웃긴 장면은 처음이었어요. 꿀꿀거리는 돼지 떼를 이끄는 돼지 등에 탄 버스터 브라운. 내가 열심히 달릴수록 쫓기고 있다고 믿은 돼지들은 더 흥분했어요. 방금 뒤집어진 벌통 서너 개에서 벌들이 튀어나오면서 돼지들은 더욱 빠르게 속도를 냈어요. 로

돼지들은 빠르게 달리기로 결심했어요.

마 콜로세움에나 어울릴 만한 엄청난 달리기 경주였죠. 버스터는 매달려 있었어요. 쫓아오는 돼지들 때문에 버스터는 매달리는 일 말고 아무것도 할 수가 없었죠.

돼지들은 농장 아래쪽에 살고 있었어요. 돼지들이 뒹굴뒹굴하는 물웅덩이가 있었는데, 내가 본 가장 더러운 웅덩이였죠. 돼지 떼는 그쪽으로 향했고, 거기에서 달리기는 마무리됐어요. 와, 세상에, 내 사랑스런 벗이 돼지 구덩이에서 기어 나올 때 얼마나 끔찍하던지! 잭 삼촌이 자기 새 안장을 보면서 말한 장면을 그대로 사진으로 찍어 두고 싶을 정도였어요. 숙모는 버스터를 펌프 아래로 데려가 씻겨야 할때가 돼서야 심각한 문제라고 깨달았죠. 버스터는 돈을 모아서 돼지를 사고 싶어했어요! 당신은 어떻게 생각하나요?

나는 웃음을 참기 힘들어서 삼촌이 내 얼굴에 찬물을 퍼부을 때까지 계속 웃었어요. 또 뭐가 날아올지 두려워서 서둘러 자리를 떠났지만요.

더 많은 모험들
낚시하는 버스터와 거북이를 잡거나
거북이에 잡히는 나

에머린 숙모와 잭 삼촌은 아이가 없어서 버스터가 장난을 칠 때마다 엄청 당황했어요. 버스터가 정신 나간 짓을 할 때마다 어린 남자아이를 한 번도 본 적 없는 사람처럼 놀랐어요. 버스터의 사고방식을 파악한다면 조카가 무슨 짓을 할지도 알아챌 수 있을 텐데 말이에요.

얼마나 우스꽝스러운 장난을 저지르는지! 오리를 땅에 심은 적도 있었어요. 땅에 작은 구멍을 멋지게 파서 작은 아기 오리들을 심고는 물뿌리개로 다정하게 물을 줬죠. 잘 자라라고 말이에요. 무엇도 이 남자아이가 마음 아파하거나 낙담하게 하지 못했어요. 늙은 소가 버스터를 지붕 뚫고 하이킥을 한 적도 있었는데, 장난꾸러기가 늙은 소의 젖을 짜서 그랬죠. 쿵 소리를 내고 농장에 떨어지면서 버스터는 딱 이렇게 말했어요.

"이런! 저 소는 너무 예민해! 흥!"

잭 삼촌네 농장에서 지내면서 나는 버스터를 더욱 더 사랑하고 감탄하는 방법을 날마다 배울 수 있었죠. 그냥 웃었어요. 그때는 얼마나 더 재미있는 일이 벌어질지 지켜보기만 했어요.

개울에 낚시하러 간 날도 전혀 예상 밖이었죠. 아, 그날 나한테 벌어진 일은 엄청나고 멋졌어요. 잭 삼촌은 버스터에게 낚싯대와 낚싯바늘, 낚싯줄, 미끼를 담은 통을 매단 옷을 입혔어요. 나는 작은 점심 바구니를 끌면서 개울로 가고 있었어요. 우리는 물고기로 가득 찬 바구니를 집에 가져갈 기대로 가득했어요. 결국 한 마리도 잡지 못했지만, 그다음 날도 우리는 개울로 갔어요.

커다란 통나무 한쪽 면을 평평하게 깎아 만든 징검다리가 개울을 가로지르고 있었어요. 우리는 이 징검다리 근처 개울로 힘차게 걸어가서 낚시를 하기로 했어요.

통나무 징검다리에 앉아서 낚싯대를 고정하고 낚싯바늘에 미끼를 달아 물속에 드리웠어요. 다른 데보다 깊은 곳에서 수면을 따라 흔들리며 빛나는 빨간 찌를 한참 지켜봤어요. 물속이 들여다보일 정도로 맑아서 바쁘게 돌아다니는 귀여운 선피시도 보고 피라미 떼도 만났지만, 우리 미끼를 건드리는 물고기는 아무도 없었어요.

돌들 사이를 구르면서 재미있게 놀았고, 길게 자란 풀 사이로 졸졸 흐르는 물소리가 듣기 좋았고, 둑을 따라 자란 페퍼민트 향기도 마음에 들었죠. 지저귀는 새소리하고 벌들이 붕붕거리는 소리를 듣고 잠자리들이 바쁘게 날아다니는 모습을 보면서 앉아 있었어요. 정말 달콤하고 유쾌한 시간이었죠.

그렇지만 우리는 개울에 시를 쓰러 가지는 않았거든요. 낚시하러 간 우리가 던진 미끼를 무는 물고기는 한 마리도 없었어요.

그러다 갑자기 낚시찌가 사라지고 낚싯줄이 달아나기 시작했어요. 버스터는 온 힘을 다해 낚싯대를 잡아당겼어요. 엄청나게 큰 거북이가 달려들어 찌를 물었더라고요.

깜짝 놀란 버스터는 균형을 잃고 물속에 빠지고 말았죠. 따라 들어간 나는 코트를 잡고 버스터를 물 밖으로 끌고 나왔어요. 버스터가 낚싯대를 끝까지 놓지 않아서 거북이도 같이 끌려 나왔죠. 늙은 거북 아저씨하고 버스터는 서로 거칠게 싸웠고, 거북이 아저씨는 풀밭까지 끌려왔어요.

무슨 일인지 보러 나온 소 서너 마리에게 버스터가 흠뻑 젖은 이유를 설명하려고 몸을 돌리는 눈 깜짝할 사이에 거북이가 내 꼬리를 꽉 물었어요. 민물 거북은 성질이 사나워서 물리면 엄청나게 아파요. 나는 꽥 비명을 지르면서 집으로 달렸어요. 거북이가 나를 놓아줬을까요? 전혀!

삼촌 부부는 버스터의 젖은 옷을 벗긴 뒤 침대로 데

민물 거북한테 물리면 엄청 고통스러워요.

삼촌 부부는 버스터의 젖은 옷을 벗겼어요.

제 꼬리도 붕대로 감아줬어요.

려가 따뜻한 담요로 감싸고 개박하를 넣어 뜨거운 차를 끓였어요. 그러고는 내 꼬리를 붕대로 감아 주고 나한테도 개박하차를 줬죠. 염치없지만 양해를 구하고 원 없이 개박하차를 마셨어요.

다음 날 저녁 식사는 거북이수프였어요. 나는 한 숟가락도 안 먹었죠. 화가 가시지 않았거든요. 일주일 동안 꼬리를 붕대로 감고 있어야 했으니까요.

9장

거위랑 놀기

세들리츠산

지 휘태커 왝 부인이 에머린 숙모를 만나러 온 날은 버스터가 굴뚝에서 거위를 떨어트린 날이었어요. 정말 너무 나쁜 장난이었어요! 버스터가 거위를 붙잡아 사다리를 타고 옥상으로 올라가자 나는 거위가 갈 곳이 어딘지 알기 때문에 응접실로 들어갔어요. 거기에서 에머린 숙모와 지 휘태커 왝 부인이 바느질을 하고 있었어요. 왝 부인은 유령을 믿게 된 계기가 된 몇 가지 일에 관해 이야기하고 있었어요. 에머린 숙모는 눈에 보이지 않는 사실은 믿기 힘들다고 말했죠. 에머린 숙모는 중력의 법칙도 믿지 않겠네요. 사람이 보고 듣고 맡을 수 없는 뭔가를 동물이나 곤충들은 보고 듣고 맡을 수 있다는 사실도 안 믿겠죠.

이런 대화를 하는 동안 작고 부지런하고 사랑스러운 버스터는 지붕 위에서 늙은 거위를 굴뚝에 넣으려 애쓰고 있었어요. 갑자기 큰 소리가 나고 엄청난 그을음 먼지를 일으키며 굴뚝에서 내려온 거위가 난로 앞에 덧댄 쇠창살 밖으로 튀어나와 깨끗하고 멋진 응접실 가운데로 달렸어요. 차분히 바느질하던 두 숙녀는 곧장 의자 뒤로 공중제비를 완벽하게 돌더니 반대편 구석으로 굴러가며 큰 소리로 비명을 질렀어요. 거위가 문밖으로 달

버스터가 거위를 잡았어요.

려 나가고 재가 섞인 먼지구름이 가라앉자, 벽난로에서 문까지 이어진 검고 기다란 줄무늬가 에머린 숙모의 응접실 카펫을 망쳐 놓은 모습이 보였죠.

잭 삼촌과 에머린 숙모가 떠나는 우리를 보고 눈물을 흘리지 않더라고 했잖아요. 바로 그날 저녁이었어요. 우리가 돌아올 때 탄 기차에서 차장은 우리를 짐칸에 밀어 넣었어요. 기차가 뉴욕에 제시간에 도착하려면 차장이 감시할 수 있는 곳에 버스터가 머물러야 하기 때문이었어요. 아빠는 그랜드 센트럴 역에 우리를 마중 왔고, 롱아일랜드에 있는 새 집으로 안내했어요.

집에 온 지 15분도 채 안 지났어요. 버스터가 장난을 쳐서 내가 거의 죽을 뻔할 때까지 말이에요. 불쌍한 엄마는 이사와 소동에 지쳐서 두통을 얻었어요. 엄마는 물을 절반쯤 채운 잔 두 개에 각각 세들리츠산* 분말을 넣어 마시려 했어요. 한쪽 잔에서 다른 잔으로 물을 붓고 있었죠. 나는 세들리츠산 분말은 처음 봤어요. 엄마가 물을 막 섞으려고 할 때 방에서 누가 엄마를 부르더군요.

---

*   체코슬로바키아 세들리츠(Seidlitz) 마을에서 나오는 광천수하고 약효가 비슷한 비등성 완하제. 대변을 부드럽게 하거나 통증이나 격렬한 운동 없이 장을 약하게 움직이게 합니다.

3초 만에 내 입에서 거품이 나기 시작했어요.

엄마가 방에서 나가자마자 버스터는 나에게 엄마가 두고 간 잔을 마시라며 줬어요. 마셨죠. 느낌이 나쁘지 않아서 버스터가 건넨 또 다른 잔도 마셨죠.

아무리 몸집이 큰 코끼리라도 그렇게 많은 양이라면 견디지 못할 거예요. 3초 만에 내 입에서 거품이 뿜어져 나와 눈, 코, 귀에서도 연기와 거품이 구름처럼 쏟아졌죠. 더 할 수 없을 만큼 숱하게 공중제비를 돌았어요. (수제비가 아니라요.) 바닥을 구르면서 배를 움켜쥐었어요. 울부짖었냐고요? 아니요, 울부짖을 수가 없었어요! 숨도 쉴 수 없었거든요! 의식을 잃어 가는 내 모습을 느꼈어요. 나는 팽이처럼 뱅글뱅글 돌고 있었어요. 겁에 질린 버스터는 탁자 밑으로 기어들더니 소리쳤어요. 목청껏 외쳤죠.

"엄마! 도와줘! 경찰! 불이야! 살인자다!"

그렇지만 구급대원이나 경찰 대신 엄마가 왔어요. 방으로 달려 들어온 엄마는 내가 쓰러질 때까지 서서 지켜봤어요. 처음에 도망치려고 하던 엄마는 비어 있는 물잔들을 보고 내가 미쳤다는 끔찍한 의심을 거뒀죠.

어떡해! 세상에! 엄마! 불쌍한 버스터가 얼마나 맞았는지요. 할 수 있는 일이 없어서 버스터에게 정말 미안했

저는 1년에 백만 파운드를 받더라도 왕이 되거나
왕이 하는 일을 하고 싶지 않다고 말하고 싶습니다.
걱정에서, 사회적 의무에서, 유혹의 올가미에서 자유
롭다면 세상에서 가장 자유로운 사람입니다.
사람은 자기 마음과 머릿속에 왕국을 가질 수 있
고, 마음이 따뜻하다면 왕처럼 행복할 수 있어요.
어떤 시인은 이렇게 썼습니다.
'어디를 가든 자기 성품을 지니고 다니는 사람은
어디서도 만족을 찾지 못한다.'
이상입니다.

— 친구 버스터 브라운이

어요. 버스터는 군인처럼 얻어맞았어요. 근성 넘치는 이 녀석이 얼마나 사랑스러운지 말이에요. 매를 맞은 뒤에도 버스터는 엄마에게 화를 내거나 엄마를 원망하지 않았어요. 매 맞기도 장난의 일부라고 생각하는 듯했어요. 잘못을 저지르면 언제나 고통의 시간이 뒤따른다는 사실을 버스터는 잘 알고 있었어요. 버스터는 내가 개라는 사실이 명확한 진실이듯 모든 원인에는 반드시 결과가 따른다고 말한 적이 있어요. 또한 누구도 뒤따르는 행복을 느껴 보지 않고 좋거나 친절하거나 관대한 행동을 할 수 없다는 사실을 알고 있었어요. 버스터가 한 많은 다짐을 다른 사람들이 볼 수 있다면 정말 좋겠어요. 슬기로운 다짐을 할 수 있는 사람이라면 절대 그 다짐을 깨지 않는다는 사실을 당신도 알죠. 사랑스런 버스터가 진짜 나쁜 짓을 하는 모습을 본 사람은 아무도 없어요. 아주 버릇없는 짓은 한때 실수일 뿐이고, 일부러 그러지는 않거든요.

10장

시골집과 시골 개들

주사 맞은 버스터와 나

멋지고 다양한 개 친구들.

버스터와 나는 뉴욕 교외 플러싱에 있는 새집에 만족했어요. 좋은 친구들을 많이 만났거든요. 우리 동네에는 버스터하고 함께 놀 멋진 남자아이들과 여자아이들이 많았고, 아주 친절한 개들도 여럿 있었어요.

밖으로 나간 첫날 아침에 마당에서 기다리고 있던 동네 개들을 만났어요. 개들이 나에게 '안녕!' 하고 말했고, 당연히 나도 개들에게 '안녕' 하고 답했죠. 개들은 친근하게 꼬리를 흔들었는데, 우리끼리는 '너를 좋아해'라는 말로 통해요.

몇 분 만에 우리는 들판과 공터를 뛰어다니고, 높다랗게 자란 풀밭을 질주하고, 개들이라면 어디서나 하는 술래잡기를 하고 있었어요. 개들은 모두 개 놀이 규칙을 알고 있었고, 나는 개들이 놀다가 다투는 소리를 들어 본 적이 없어요.

이웃 동네에는 다양한 개들이 있었어요. 세인트버나드 한 마리, 폭스테리어 두 마리, 콜리 두 마리, 화이트 불테리어 한 마리, 요크셔테리어랑 '더 빠른 개'도 몇 마리 있었어요.

왜 더 빠른 개라고 부르는지 모르겠어요. 다른 누구보다 빨리 먹고 잠을 자기 때문인가 봐요. 그렇지만 혈

사전을 보며 공부했어요.

통 좋은 척하지 않는 개들이 가장 친절하고 가장 똑똑하다는 사실을 나는 언제나 알고 있었죠.

우리가 새집에 정착하고 난 다음 주에 버스터의 엄마는 이 장난꾸러기를 작은 사립 학교에 입학시켰어요. 아빠는 사립 학교를 반대하고 공립 학교에 가기를 원했지만, 결국 엄마 뜻대로 됐죠.

버스터가 학교에 다니게 되면서 나는 최선을 다해 버스터를 즐겁게 해줘야 했어요. 학교에 데려다주고 집에 돌아와서 잠깐 사전을 보며 공부한 다음 다른 개들하고 뛰어다니면서 놀다가 수업 끝나는 시간이 되면 학교에 가서 아이들이 나올 때까지 기다렸죠. 버스터와 나는 술래잡기를 가장 좋아하지만 가끔은 '고양이는 구석을 좋아해'* 놀이도 했는데, 보통 구석진 데나 나무에서 놀았죠.

어느 날 버스터는 예방 접종을 맞게 됐어요. 순전히 자기 탓이었어요. 나는 버스터를 사랑하는 만큼 버스터가 거짓말을 하면 대가를 치러야 한다고 항상 생각했어요. 버스터는 그 일이 벌어지기 전에도 벌어진 뒤에도 거

---

* 의자 앉기 게임하고 비슷한 놀이로, 신호에 따라 달려가 빈 구석을 차지합니다.

짓말을 한 적이 없었어요. 물론 버스터는 자기가 한 말이 거짓말이라는 사실을 깨닫지 못하고 그저 농담으로 생각했지만요.

어느 날 아침 학교에 늦게 도착한 버스터는 교실을 둘러보다가 윌리 스미스가 결석한 사실을 알게 됐어요. 선생님이 늦은 이유를 물으니까 버스터는 윌리를 데리러 윌리네 집에 다녀오는 길이라고 대답했어요. 버스터는 윌리가 천연두를 앓느라 누워 있더라고 선생님께 차분하게 말했어요.

그 말이 끝나자마자 다들 문 쪽으로 달려 나갔어요. 책과 연필이 사방에서 날아다니고 학생들은 모두 밖으로 뛰쳐나갔어요. 선생님은 침착하게 버스터를 붙잡고 길 건너 병원으로 데려갔고, 버스터는 전혀 예상하지 못한 예방 접종을 받았어요.

의사를 무는 바람에 나도 예방 접종을 받았죠. 버스터가 비명을 지르고 하도 시끄럽게 하니까 안타까운 마음에 어쩔 수 없이 의사를 물고 말았거든요. 너무 화가 난 의사는 다른 의사까지 불러서 나한테 주사를 났어요.

나중에 다리가 부어오르지만 않으면 좋았겠지만. 불쌍한 버스터! 버스터의 팔은 풍선처럼 부풀어 오르고 말았어요! 많이 아팠죠. 그 뒤 버스터는 또 굳은 다짐을 했고요.

11장

버스터의 교회 학교 수업이
미친 영향

고양이에 관한 명상

버스터가 교회 학교에 처음 간 날을 나는 절대 잊을 수 없어요. 함께 있지는 않았지만, 교회 학교에서 벌어지는 재미있는 모습을 보고 싶었어요. 어느 날 선생님은 학생들에게 아담과 이브 이야기를 했어요. 아담의 갈비뼈로 이브를 만들었는데, 아담이 잠자는 동안 옆구리에서 가져간 갈비뼈라고 선생님은 설명했어요.

그 이야기에 사로잡힌 버스터는 집으로 돌아오자마자 엄마에게 진짜냐고 물었어요. 엄마는 사실이라고 말했죠. 버스터는 오후와 저녁 내내 우울인지 감동인지 모르지만 생각에 깊이 잠겨 지냈지만, 별일 없이 잠자리에 들었어요.

왜 그러는지는 나도 몰랐죠. 그렇지만 열한 시가 되자 그 마음을 알게 됐어요. 침대 머리맡에서 자고 있는데 갑자기 버스터가 공포에 사로잡힌 듯 거칠게 비명을 질렀어요. 부모님은 방으로 달려와 왜 그러냐고 물었어요.

"빨리, 빨리! 어서 의사를 불러 줘요! 죽을 거 같아요. 오! 오!"

버스터는 울부짖었어요. 아빠는 의사에게 전화를 걸었고, 의사도 바로 오겠다고 약속했어요. 버스터는 계속 소리를 지르고 경련이 일어난 듯 침대를 뒹굴거리면서 옆구리가 끔찍하게 아프다고 호소했어요.

마침내 의사가 와서 물었어요.

"버스터! 버스터! 무슨 일이야?"

"의사 선생님! 갈비뼈가 끔찍하게 아파요. 아내가 나오고 있어요."

의사는 버스터의 옆구리를 세심하게 검사하더니 버스터가 한 추측이 틀리다고 분명하게 말했어요. 마침내 버스터가 잠이 들자 나만 방에 남았는데, 브라운 씨 부부하고 늙은 가정의학과 의사가 자지러지듯 웃는 소리가 아래층에서 들리더군요.

나는 평생 교회 학교에 간 적이 없어요. 그곳은 개한테 적당하지 않거든요. 그렇지만 한 가지는 알아요.

'사랑은 율법의 완성이다.' 우리가 이웃을 사랑하고 친절을 베풀면 교회 학교에서 배울 수 있는 모든 것을 배운 셈이죠. 개들은 다는 아니라도 대부분 천국에 가야 한다고 생각해요. 개들은 더할 수 없이 친절하고 너그럽지 않나요? 개들은 어린 남자아이들에게 너그러움에 관해 많은 사실을 알려줄 수 있어요. 남자아이들이 배우려 할지 모르겠지만 말이에요. 나처럼 친절하고 온화한 주인과 달콤하고 편안한 집이 없는 개들이 많지만, 그런 개들도 무척 너그럽다는 사실을 나는 잘 알고 있어요.

고양이를 쫓아다닌 일이 있었는데, 내가 한 가장 나쁜 일이었어요. 다치게 할 생각은 없었지만, 고양이가 나무 위로 뛰어오르는 모습이 우습고 재미있었어요. 단지 내가 즐겁자고 약한 동물들을 겁주지 않고 싶었어요. 그런데 고양이가 불쌍한 작은 새를 잡으려고 애쓰는 모습을 보면 화가 나기도 해요. 고양이야, 고양이야! 왜 불쌍한 작은 새들을 죽이려고 하니?

그렇지만 슬프게도 때때로 개가 고양이에게 역전을 당할 수 있다는 사실을 잘 알고 있죠. 무게가 7킬로그램 정도 되는 큰 수고양이도 아니고 200그램밖에 안 되는 작은 새끼 고양이였어요. 그런데 세상에! 새끼 고양이는 크기는 작아도 대단히 공포를 불러일으켰고, 발톱은 바늘, 아니 바늘보다 훨씬 날카로웠어요.

어느 날 버스터가 크림을 세상에서 가장 좋아하고 쥐를 잡는다는 생각조차 질색할 듯한 순진무구한 얼굴에 작은 털뭉치 같은 고양이를 데려왔어요. 버스터는 새끼 고양이를 내 앞에 내려놓고 소개했어요. 끝없이 자애롭고 가장 달콤하게 웃어 보였어요. 내 웃음에 고양이가 놀라더라고요. 순진해 보이는 털 뭉치가 등을 순식간에

내가 한 가장 나쁜 일.

세우더니 얼굴이 벌게지고 탄산수를 딸 때처럼 쉭쉭거리는 듯한 소리를 냈어요. 상황은 더 나빠질 뿐이었죠.

뻔뻔함으로 똘똘 뭉친 그 작은 덩어리가 앞발을 들고 얼굴에는 반항심과 사나움을 풍기는 모습을 지켜보던 나를 쇠 지렛대로 쓰러트릴 수 있을 정도였죠. 나는 벽에 등을 기대고 힘껏 웃었고, 현관에서 버스터가 낄낄대는 소리가 들렸어요. 그렇지만 그 작은 도깨비가 특히 예민한 부위인 내 코를 향해 날아와 덮치는 바람에 더는 웃지도 못했어요.

나는 꽁무니가 빠질 새라 도망쳤지만, 빨갛게 달궈진 발톱 꾸러미가 순식간에 등에 달라붙었어요. 나는 복도를 지나 계단으로 전속력으로 달려 올라갔어요. 다행히 버스터의 엄마가 막 목욕하려고 욕조에 물을 채우는 소리를 들었어요. 구세주를 만난 듯했죠. 나는 털 뭉치를 매단 채 욕조에 거꾸로 뛰어들었고, 그 불쌍한 새끼 고양이는 익사할 뻔했어요. 나는 입으로 (내 입에 다 차지도 않는 작은 짐승인) 고양이를 집어 들어 바닥에 내려놓았죠. 내가 본 가장 비참한 아기 고양이의 표본이었어요. 다행히 목숨은 건졌지만, 버스터가 하는 말을 들으니 화가 나서 미칠 듯했어요.

"야, 타이그! 불쌍한 아기 고양이한테 대체 무슨 짓을 했어?"

"불쌍한 고양이라니! 참 나."

나는 생각했죠.

'에잇! 불쌍한 타이그에게 도대체 무슨 일이야?'

12장

어떤 고양이 이야기들

고양이는 이기적이고 허영심이 많다고들 하죠. 고양이들은 아무도 사랑하지 않고 자기만 사랑해요. 우리 집 고양이가 앉아서 얼굴과 발을 씻은 다음 침착하게 햇볕에 누워 잠을 자는 모습을 볼래요? 그렇지만 고양이는 몇 가지 장점이 있어요. 고양이들은 때때로 아름답고 친절하게 대해 주는 주인을 아주 좋아해요.

어느 날 저녁 브라운 부부하고 함께 식사하던 사람들이 매우 흥미로운 이야기를 들려줬어요. 이야기를 들려준 신사는 자기 이웃집에서 벌어진 일이라며 진짜라고 장담했어요. 불테리어 강아지 두 마리가 집에 들어오기 전까지 고양이는 그 가족에게 가장 멋진 반려동물이었어요. 새로 입양된 불테리어 두 마리는 장난기가 많아서 고양이를 볼 때마다 쫓아다녔어요. 고양이는 생각보다 겁이 많았고, 가족들은 나이 들고 불쌍한 고양이를 높은 곳에 올려 줘서 개들이 괴롭히지 못하게 했어요. 가족들은 잘 몰랐대요. 고양이가 예전에 받던 애정을 엄청 갈망하고 있다는 사실을 말이에요.

그러던 어느 날이었어요. 고양이는 더는 참을 수 없었어요. 가족들 사랑은 개들이 다 가져갔고, 집안 곳곳에서 개들에게 내몰리느라 늘 전전긍긍하다가 지쳤죠. 고

107

양이는 천천히 현관 계단을 걸어 내려가 노면 전차가 내려오는 선로에 누웠어요. 전차를 멈춘 운전사가 상황을 이해하기도 전에 고양이는 죽고 말았어요. 동물이 얼마나 섬세한지 잘 보여 주는 일이죠?

나는 언제나 어릿광대 개가 되고 싶었어요. 다른 많은 사람들처럼 나도 무대에 서고 싶어요. 무대에 서는 사람들은 정말 즐거워 보이거든요. 어떤 배우는 무대에 서는 일이 개들의 삶하고 똑같다고 말했어요. 그래서 개들이 무대를 좋아하나 봐요.

무대에 선 적도 있었어요. 가족들이 나를 애완견 대회에 데려간 때였죠. 사람들이 나를 쳐다보고 쓰다듬고 말을 걸었는데, 나도 모르게 너무 끔찍하게 신경 쓰였어요. 나를 애완견 대회에 데려간 이유를 도대체 모르겠어요. 상도 못 받았어요. 상이라고는 절대 못 받겠네 싶은 개들도 정말 많았죠. 그렇지만 사람들은 사랑하는 자기 개가 세상에서 가장 멋지다고 생각하죠. 사랑은 확실히 숱한 허물을 덮어 주나 봐요. 우리 집 가족들은 내가 똑똑하고 친절하고 착하기 때문에 상을 받아야 한다고 생각했어요. 그런 보상을 받을 곳은 천국이잖아요. 상을 받은 주인공은 여태 만난 개 중 가장 거만하고 멍청한 친구였어요. 질투가 아니라 놀라서 하는 말이에요.

고양이 이야기하다가 옆길로 샜네요. 그날 저녁 고양이 이야기를 들려준 신사는 다른 고양이 이야기도 곁들이면서 그 이야기도 사실이 확실하다고 말했어요. 다음 이야기는 그 신사가 태어난 뉴잉글랜드 어느 마을에서 벌어진 일이었어요. 떠오르는 대로 이야기해 볼게요.

잭과 빌리라는 두 남자아이가 있었어요. 걔네 집에서 날마다 닭 두세 마리가 없어지고 있었죠. 누군가 또는 뭔가가 날마다 작은 닭을 훔쳤는데, 품종이 좋은 닭이라 가족들은 무척 불안했죠. 어느 날 가족들이 저녁 식탁에서 도둑이 사람일까 동물일까 추리하며 이야기를 나누고 있었어요. 가족들은 자기네 사랑스러운 수고양이가 요즘 닭장 근처에 자주 나타난다는 사실을 떠올렸죠. 생각하기도 인정하기도 싫지만 고양이가 그런 사악한 일을 저지른 범인이라는 결론에 도달했어요. 어떻게 해야 할까요? 고양이는 닭을 계속 잡아먹을 텐데, 그런 짓은 범죄일 뿐만 아니라 사치스러운 습관이라는 사실을 고양이에게 어떻게 설명할 수 있을까요? 마침내 그 가족들은 고양이를 없애는 수밖에 없다고 결정했어요.

다음 날, 불쌍한 수고양이가 정원 산책로를 따라 닭

장으로 천천히 걸어가는 모습을 본 잭과 빌리는 소총을 들고 까치밥나무와 구스베리 덤불 사이로 향했어요. 아무도 몰래 병아리를 훔치려는 고양이 씨를 검거할 수 있다고 예상한 장소였어요. 둘은 닭장 전체가 보이는 우거진 덤불 사이에 몸을 숨겼죠. 마당 한쪽은 헛간에 맞닿아 있고, 다른 한쪽은 3미터 정도 되는 널빤지로 만든 엄청 높은 울타리로 둘러싸여 있었어요.

고양이는 금방 나타났어요. 소리도 없이 마당으로 뛰어내렸어요. 그런데 두 남자아이는 이상한 점을 느꼈죠. 닭들은 고양이를 보고도 소리 지르거나 날뛰면서 소동을 일으키지 않았고, 모두 고양이가 거기 없는 양 자기 할 일만 하고 있었거든요. 아이들은 정말 이상하다고 생각했어요. 언제인가 닭이 사라진 때 한 시간 동안이나 소동이 가라앉지 않았거든요.

자, 고양이는 헛간 옆 마당으로 조용히 기어가 쥐구멍 옆에 조용히 엎드렸어요. 맞아요! 그게 다였어요. 고양이가 아니라 바로 쥐였어요. 오래지 않아 사납게 생긴 커다란 회색 쥐 한 마리가 구멍에서 튀어나왔죠. 순식간에 고양이에게 덜미를 붙잡힌 쥐는 벗어나려고 격렬하게 몸부림쳤어요. 암탉들은 미친 듯이 날뛰며 꼬꼬댁거리고 병아리들은 공포에 질려 엄마 닭에게 도망쳤어요. 정말 끔찍한 소동이었죠.

닭장에서 가장 자존심 강한 커다란 싸움닭이 털을 세우더니 발버둥 치는 쥐를 잡고 버티고 있는 고양이 쪽으로 느긋하게 슬금슬금 다가갔어요. 이 이야기에서 가장 예상하지 못한 대목이었죠. 고양이도 알았어요. 전에 용감한 수탉이 쥐하고 싸우는 모습을 본 적이 있기 때문에 고양이는 싸움닭에게 기회를 양보하려고 고개를 높이 들었죠. 맹렬하게 날아든 수탉은 날카로운 두 발톱으로 쥐를 계속 내리쳤어요. 쥐가 살아날 기미가 보이지 않자 다른 닭들도 달려들어 쪼아 댔어요. 쥐가 죽자 만족한 고양이는 죽은 쥐를 물고 닭장 지붕으로 뛰어올라 높은 울타리 너머로 사라졌어요.

잭과 빌리는 자기 고양이가 범죄묘가 아니라 영웅이라는 사실을 알게 돼서 얼마나 안도했게요! 둘은 곧장 헛간에서 쥐를 쫓는 십자군 전쟁을 시작해서 쥐들을 몰아냈어요.

13장

'치료'받는 버스터와 홍역의 습격
내 모험의 일부

나는 평생 배앓이나 전염병도 걸린 적이 없었어요. 어떻게 그랬을까요? 행복한 성격을 타고나면 누구든 건강하게 살 수 있죠. 신선한 공기를 많이 마실뿐더러 소박한 음식을 충분히 먹고 운동도 충분히 하죠.

버스터 브라운도 평생 단 한 번도 아프지 않았어요. 매일 규칙적으로 몸을 관리 받죠. 정골 요법*이나 원격 치료는 아니에요. 아주 실질적인 관리예요. 바로 약이죠. 버스터는 약이 소용없다고 생각하지만 엄마는 약을 엄청 믿었어요. 보통 약사들은 약을 병 속에 넣어 보관하지만 엄마가 주는 약들은 병 속에 들어 있지 않았고, 처방한 의사가 누구인지 한 번도 들은 적이 없어요. 어른들은 쓰지 않는 이 관리법에서 사용하는 수단이 약이라는 사실을 안다면 버스터가 이 치료를 왜 좋아하지 않는지 쉽게 이해할 수 있겠죠.

그런데 버스터가 홍역에 걸린 날에는 달랐어요. 나는 홍역이라고 생각하지는 않았지만, 몸이 좋지 않다며 버스터가 침대에 눕자 엄마는 엄청 겁을 먹었나 봐요. 목

---

* 근골격계 이상을 바로잡아 건강을 회복하는 치료법으로, 1874년 영국 외과 의사가 만들었습니다.

여기 있어요.

사하고 의사 둘, 크리스천 사이언스 교파* 치료사 셋, 간호사 넷을 집으로 불렀어요. 의사들은 버스터에게 약을 먹이자고 했어요. 버스터는 침대에 조용히 누워 의사가 숟가락에 약을 담는 모습을 지켜봤어요. 엄마와 할머니, 델리아, 아빠, 두 의사와 나는 매우 조심스럽게 침대로 다가갔죠. 버스터는 깊이 잠든 듯했지만, 그러는 내내 우리를 똑바로 바라보고 있었어요. 음흉하고 늙은 의사 한 명이 아주 상냥한 목소리로 말했죠.

"버스터, 너한테 딱 좋은 약이 있어, 이걸 먹으면 씻은 듯이 나을 거야."

모두 침대 곁으로 다가가자 버스터는 침대 밖으로 뛰어나가 문밖으로 달려 나갔고, 사람들은 버스터 뒤를 쫓았어요. 다음 순간, 어린 남자아이가 들어 있는 하얀 잠옷이 잔디밭을 가로질러 질주하고 어른들 무리는 그 뒤를 열심히 쫓았어요.

버스터는 울타리를 넘어 이웃집 마구간으로 사라졌고, 아빠와 엄마, 델리아, 할머니, 의사도 모두 따라갔어요. 오랜 수색 끝에 건초 다락에서 버스터를 발견했어요.

---

* 물질 세계는 실재가 아니며 병도 기도만으로 치유할 수 있다고 믿는 기독교 교파.

자유보다 의무.

버스터를 내려오게 하려고 갖은 약속을 하면서 구슬렸죠. 조랑말 수레, 축음기, 자전거 같은 물건을 사 준다며 달랬어요. 버스터는 모두 받아냈죠.

언제인가 내가 뛰어든 큰 나팔 달린 축음기가 바로 그때 얻은 선물이었어요. 맞아요! 나팔 속에 바로 뛰어들어 축음기를 모두 부쉈죠. 내 잘못은 아니에요. 나팔 속에서 누가 부르는 소리가 들렸으니까요.

"여기야, 타이그! 이리 온, 타이그! 착하지!"

누군가 휘파람을 불면서 나를 부르니까 생각할 겨를도 없이 온 힘을 다해 뛰어들었는데, 그만 머리부터 끼었죠. 어머나! 그렇지만 사람들이 웃으면서 울부짖는 모습을 보니 내가 바보 같은 짓을 저지른 사실을 깨달았어요. 사람은 개를 놀려서는 안 된다고 생각해요. 다행스럽게도 아무도 내 탓을 하지 않았고, 축음기도 새로 샀죠.

연줄에 걸려서 마을을 날아다닌 경험은 가장 신나고 긴장감 넘쳤죠. 어느 날 버스터가 커다란 연을 만들어서 들판으로 나가 연을 날렸어요. 바람이 꽤 잘 부니까 연도 아주 잘 날았죠. 버스터는 연줄을 붙잡느라 정신이 없었어요. 그런데 연이 바닥에 떨어지고 나도 모르게 연줄에 발이 엉켜 버렸어요. 버스터가 연을 놓쳤고, 연은

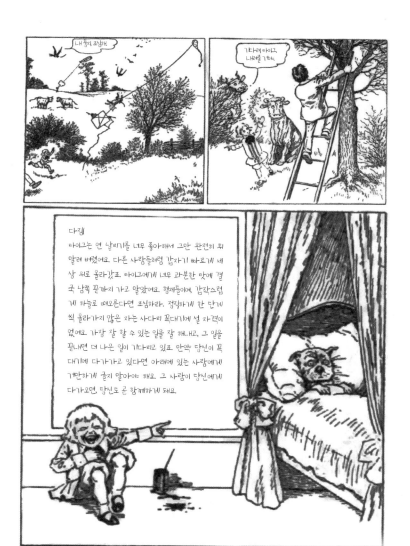

엄청난 모험.

나를 멀리 데려갔죠.

한동안 땅에서 몇 센티미터 뜬 채로 뭔가에 부딪히면서 끌려다녔어요. 어떤 화가가 언덕에서 그림을 그리고 있었는데, 그 불쌍한 화가를 내가 덮치고 말았어요. 쓰러진 이젤과 그림이 엉망으로 뒤엉켜 나한테 딸려 오고 있었죠. 놀라서 반쯤 정신이 나간 화가가 미처 정신을 차리기도 전에 화가가 그린 그림은 멋진 속도로 마을을 떠다니게 됐어요.

연이 아무리 커도 점점 무거워지니까 더 높이 떠오르지 못하고 나무에 착륙하고 말았어요. 버스터랑 화가가 근처 농가에서 사다리를 가져와 올라와 나를 내려 줄 때까지 내 다리에 연줄이 매달려 있었어요.

세상에! 나는 정말 창피했죠. 나를 보러 모여든 소떼와 양떼, 새떼에게 멋지게 짖어 주고 싶었지만, 나뭇잎 더미에 짓이겨져서 그럴 수 없었어요. 완전히 지쳤죠. 간신히 집까지 걸어가 버스터 방에 도착하자마자 곯아떨어졌어요. 뼈가 부러지거나 크게 다치지는 않아서 하룻밤 잘자고 나니 괜찮아졌지만, 비행사가 되고 싶은 마음은 전혀 없었어요.

런던에서 지낼 때 호텔에서 불이 나는 바람에 버스

터가 우산을 낙하산 삼아 탈출할 때는 거의 놀라지 않은 나인데 말이죠.

14장

어떤 개 이야기

내가 관심 가진 두 번의 싸움

앞에서 고양이 이야기를 한 만큼 이제 개 이야기를 몇 가지 할게요.

고양이를 늘 쫓아다니는 개가 있었어요. 저녁밥도 잊고 고양이를 쫓아다녔죠. 버스터는 '고양이 편집증'에 걸린 개라고 불렀죠. 어느 날 그 개가 주인집 2층 바닥에 누워 자고 있었어요. 마당에서 고양이 한 마리가 울부짖는 소리가 창문 너머로 들렸고, 주인은 순전히 재미 삼아 '물어, 렙!' 하고 말했고, 렙은 창문으로 곧바로 뛰어내려 고양이를 아프게 했죠. 땅에 떨어지면서 '우프!' 하는 소리가 들렸는데, 개들 말로 '아뿔싸!'라는 뜻이죠. 렙은 잠깐 얼굴과 손을 진정시키며 앉아 있어야 했고, 진정하고 돌아오니까 800미터쯤 떨어진 뒷마당에서 고양이가 바삐 움직였어요. 주인은 렙에게 사과하고 렙도 주인을 용서했지만, 가여운 렙은 다음에는 창문에서 뛰어내리기 전에 잠깐 멈추고 생각하리라 장담해요.

어느 날 저녁 브라운 씨는 애완견 대회에서 산 신문에 나온 어느 개에 관한 이야기를 봤어요. 정말 사실적이어서 그런지 나도 그 이야기가 흥미로웠어요. 켄터키 주에 사는 가족이 키우는 개 이야기였죠. 가족들은 아름다운 그 양치기 개를 사랑했지만, 가난 때문에 강 건너 오

127

하이오 주에 사는 사람에게 팔 수밖에 없었어요. 새 주인은 데려온 개를 개집에 쇠사슬로 묶어 뒀죠.

짧게 말하자면 실화예요. 개는 사람들이 잠들 때를 기다리다가 오하이오 강까지 개집을 끌고 강을 헤엄쳐 건너 옛집으로 돌아갔죠. 아침에 일어난 가족들은 젖은 꼬리를 세차게 흔드는 개를 발견했죠. 깡통 몇 개가 꼬리에 매달려 있었지만, 개집이 목에 매달린 모습하고 비교도 할 수 없죠.

자기가 고양이라고 생각하는 개를 알았어요. 맞아요, 고양이라고요. 엄마 개는 새끼가 하나밖에 태어나지 않은 사실에 놀라서 그만 죽고 말았는데, 이 개는 태어난 지 사흘 만에 엄마를 잃어서 (신문 기사에 나오듯) 엄청 외로웠겠죠. 그런데 마침 태어난 지 사흘 밖에 안 된 새끼 다섯 마리를 키우는 타비라는 고양이가 있었어요. 누군가 이 작은 강아지를 새끼 고양이들 사이에 앉혔어요. 외출에서 돌아온 어미 고양이는 새끼 고양이들이 잠들어 있는 상자를 보고 당황했어요. 그래도 어미 고양이는 개를 버리지 않고 키웠어요. 그 개는 자기가 고양이라고 생각하기 때문에 고양이를 봐도 절대로 짖지 않았겠죠. 누군가 그 개를 고양이하고 나란히 거울 앞에 데려가면 웃

길 거예요. 여태 착각한 사실을 깨닫게 되더라도 고양이를 괴롭히지 않으리라 믿어요.

　어느 날 그 개랑 평생 딱 한 번 해본 개싸움 이야기를 나누고 있었어요. 나는 싸움이 정말 싫어요. 그렇지만 어쩔 수 없이 싸워야 할 때가 있어요. 그때가 그랬어요. 이웃에 새로 이사 온 가족이 매우 사나운 개를 데려왔어요. 왜 그렇게 사나운지 모르겠더라고요. 겉모습은 건강하고 편안해 보였거든요. 버스터를 구해야 하는 일이 아니라면 그 개하고 싸우지도 않았을 텐데요.

　세상에 화를 잘 내는 동물이 있다는 사실을 모르던 작고 귀여운 버스터는 그 개가 달려들어도 도망가지 않고 그냥 서 있었어요. 나는 무슨 일이 일어날지 알기 때문에 막으려고 달렸어요. 충분히 빠르지는 않았지만, 사나운 개가 버스터를 덮치기 직전에 그 개의 꼬리를 물 수 있었어요. 물론 좀 꽉 물어서 그 개가 다쳤죠. 그 개는 사나운 불도그라서 재빨리 몸을 돌려 내 다리를 물려고 했어요. 투견이 곧잘 쓰는 속임수였죠. 와, 어림없지, 나도 불도그라 그런 속임수를 알고 있었어요. 그 개는 빙글빙글 맴돌았고, 나도 그랬어요. 나를 물려고 할수록 나한테 꼬리를 더 많이 씹혔죠. 비밀 하나 말하자면, 그날 그

129

내가 그 개의 꼬리를 씹었어요.

개는 꼬리 잘린 개가 됐어요. 꼬리가 결국 떨어지자 그 개는 집으로 도망갔어요. 그날부터 지금까지 한 번도 나한테 말을 걸지 않네요.

그 싸움을 생각하니 농장에서 버스터의 목숨을 구한 일이 떠오르네요. 사람 목숨을 구한 개라고 칭찬받을 자격은 없어요. 첫째, 내가 버스터를 사랑하기 때문이고, 둘째, 나는 불도그라서 성난 황소에게 어떻게 해야 하는지 태어날 때부터 알고 있기 때문이에요.

어느 날 버스터가 잭 삼촌네 성난 황소를 사진으로 찍고 싶어서 농장에 카메라를 갖고 갔어요. 나는 버스터가 목초지를 둘러싼 높은 울타리에서 사진을 찍으려는 줄로 알았죠. 절대 아니에요! 먼저 버스터가 대문을 열고 목장 안으로 들어가더니 따라오라며 나를 불렀어요. 들어가지 말라고 설득했지만, 다들 짐작하듯이 소용없었어요. 버스터가 진심이라는 사실을 알았지만, 황소가 버스터를 해치려 하면 내가 버스터를 보호할 수 있다고 판단한 뒤에 따라갔어요.

자, 버스터는 안쪽으로 몇 미터 들어가 카메라를 알맞은 자리에 고정했어요. 그러고는 황소의 주의를 끌 커다랗고 빨간 누더기 천을 꺼내서 명랑하게 흔들었죠. 그

멈춰 선 황소가 고개를 숙였어요.

때 나는 모두 끝이라는 사실을 알았어요. 황소는 기분이 좋은 상태라 버스터를 괴롭히지 않을 수도 있었지만, 짐 작은 틀렸어요. 얼마 지나지 않아 빨간 누더기 천을 훔쳐 본 황소가 꼬리를 휘날리며 우리 쪽으로 콧김을 내뿜으며 펄쩍펄쩍 달려왔어요.

버스터는 기뻤죠. 가끔은 버스터가 미친 남자아이라는 생각이 들어요. 야생 황소가 다가오는데 기뻐하며 환영하는 사람을 떠올려 봐요. 그날을 생각하면 몸서리가 나요. 우리는 황소를 만나러 출발했어요. 멈춰 선 황소가 고개를 숙이고 사나운 콧소리를 내며 나를 노려보더니 땅을 박차고 꼬리로 옆구리를 때렸어요. 빨간 누더기가 황소에게는 아주 자극적인가 봐요. 그러더니 황소가 앞으로 달려 몸을 솟구치면서 머리를 휘둘렀어요. 그러나 어림도 없지! 나는 황소 친구 타이거 브라운이 아니었 거든요. 눈에 핏발이 서고 머리카락이 쭈뼛쭈뼛 곤두서 더라고요. 그때 내 차례가 왔어요. 내가 황소에게 거칠게 달려들자 버스터가 외쳤어요.

"좋아, 타이거! 필름이 아직 두 장이나 있어!"

도망칠 기회를 주려고 내가 목숨을 걸고 싸우는데 정작 버스터는 도망치지 않고 그 작은 똑딱이로 조용히 사진을 찍고 있다고 생각해 봐요.

　무섭게 달려든 황소가 나를 날려 버리려 하지만 살짝 빗맞았죠. 황소는 허공으로 머리를 들어 올렸고, 타이그 브라운이라 불리는 불도그는 재빨리 황소의 코에 달라붙었죠. 버스터는 문을 향해 달렸어요. 잭 삼촌은 부리나케 뛰고 있는 버스터를 보더니 큰 소리로 불렀어요. 황소는 고개를 이리저리 흔들면서 달렸어요. 어지러워 그러는지, 아니면 내가 무거운 탓인지 황소는 고개를 부르르 떨면서 땅바닥에 나가떨어졌어요. 내가 황소를 놓아주고 잭 삼촌이 연 문 쪽으로 달려가면서 이야기는 끝났죠. 사랑하는 꼬마 버스터가 머리빗으로 코트 자락을 휘날리며 맞을 뻔했는데, 브라운 부인이 거기 없어서 정말 다행이었죠.

15장

버디 트러커와 메리 제인

유언장 쓴 버스터와 나

이듬해 여름, 우리는 유럽을 다녀왔어요. 원래 엄마랑 아빠는 버스터를 데려갈 생각이 없었거든요. 그렇지만 버스터도 같이 가야 맞다고 생각해요. 엄마랑 아빠가 버스터에게 작별 인사를 하고 증기선을 타러 출발했지만, 버스터도 마차 뒤에 매달려 집을 나섰죠. 두 사람이 목적지에 도착할 때 꼬마 버스터도 함께 있었죠. 우리는 몰래 배에 올라탔고, 배가 바다로 나갈 때까지 엄마와 아빠에게 들키지 않았어요.

정말 말도 많고 탈도 많은 여행이었어요. 우리는 유럽 대부분 지역을 여행하면서 즐거운 시간을 보냈어요. (이렇게 말하면 맞을지 모르겠지만) 버스터는 유럽에서 지내는 동안 장난칠 일이 너무 많아서 오히려 장난기를 많이 잃었죠. 그렇지만 집에 도착하자마자 모두 되찾기는 했어요.

런던에서 지낼 때 브라운 부인은 버스터를 데리고 다니며 관광을 시켜 줄 작은 남자아이를 고용했어요. 그 아이는 3주 동안 매일 우리가 묵는 호텔에 와서 버스터를 데리고 나가 함께 버스를 타거나 거리와 공원을 산책했죠. 런던을 떠날 때 브라운 부인이 리버풀까지 함께 가서 배웅해 달라고 부탁할 정도로 버스터하고 친한 친구

버디 삼촌의 동물 가게.

가 됐죠. 남자아이가 우리를 정말 잘 배웅한 바람에 그만 증기선에서 내려야 하는 시간도 까먹고 함께 미국까지 오고 말았죠. 돌아갈 때까지 아이는 뉴욕에 있는 브라운 부부 집에서 지내기로 했어요. 결국 버스터네는 그 아이를 입양했고, 형을 뜻하는 애칭인 '버디'라고 부르기 시작했어요. 버디는 자기 엄마에게 무슨 일인지 설명하는 전보를 보냈고, 엄마는 뉴욕에 삼촌이 있으니 찾아보라는 편지를 보냈죠.

버디의 삼촌을 만난 날을 나는 절대 잊지 못해요. 삼촌은 온갖 새하고 동물을 파는 가게를 하고 있었어요. 가게에 들어가자 뱀이 내 다리를 감고 건방진 원숭이가 내 꼬리를 잡았어요. 정말 무서웠어요. 가게에서 나올 때는 정말 후련했죠.

그 뒤 버디는 삼촌하고 함께 살면서 가끔 토요일이면 '보츠'라는 작은 곰을 데리고 와서 즐거운 하루를 보냈고, 덕분에 삼촌도 자주 만날 수 있었어요. 나는 보츠랑 정말 즐겁게 놀았어요. 보츠는 잘 길들여져서 장난기도 많았어요. 나보다 빨리 달리지는 못해도, 나무에 올라갈 수 있고 동네 고양이들을 전부 겁에 질리게 하는 솜씨가 좋았죠. 나무에 오를 수 있는 개가 브라운 가족을

메리 제인에게

타이그하고 나는 삼촌 잭하고 숙모 에머린하고 함께 며칠을
지낼 거야.
네가 너무 보고 싶을 거야. 내가 어떻게 견딜지 모르겠어.
그렇지만 매일 너에게 편지를 쓸 거고, 너도 나에게 편지를
보낼 수 있어.
타이그는 나만큼이나 너를 사랑하지만, 너하고 결혼할
생각은 없대. 그렇지만 나는 언젠가 결혼할 거야.
잭 삼촌네 농장에서 황소나 돼지에게 죽지만 않는다면
말이야.
엄마와 아빠는 6월에 유럽에 가려고 생각한대.
만약 진짜 간다면, 아들 버스터도 함께 가게 될 거야.
유럽에 가기 전에 너를 보고, 매일 너에게 편지를 쓸게.
우리가 돌아올 때 부두에 나와야 해. 안녕,

— 사랑하는 버스터.

모든 관련자에게 알립니다.

나, 버스터 브라운은 내 모든 세속적인 재산, 소유물, 가재
도구와 물건들을 타이그에게 다음 같이 양도하고 유증합니다.
재산은 다음 같습니다.

90센트, 돈을 모은 저금통, 레코드 재생기와 19개의 레코드 판,
22개의 톡스와 6개의 톡 코드, 연 하나와 연 줄 하나,
구슬 1600개, 책상, 책 200권을 꽂은 책장, 자전거 하나,
롤러스케이트 한 켤레, 신발에 달린 하키 스케이트 한 켤레,
하키 스틱 하나, 좋은 축구공 하나, 야구공 하나, 야구 배트
두 개, 크리켓 배트 하나, 타자기 하나, 인쇄기 하나,
슬라이드 프로젝터 하나, 장난감 군인 500개,
파자마 6벌, 놀 때 입는 좋은 바지 12벌.

이에 나의 이름과 도장을 남기며,

— 버스터 브라운,
　증인 메리 제인

찾아온다며 조심하라고 고양이들끼리 말하기도 하더라고요.

버스터랑 나는 메리 제인을 자주 찾아갔어요. 두 사람은 늘 연락을 주고받았고, 서로 잊지 않는 모습에 나는 많이 놀랐어요. 그해 여름 유럽에서 지내는 내내 버스터는 날마다 메리 제인에게 편지를 썼고, 메리 제인도 꼬박꼬박 답장을 보냈어요. 어느 날 나는 나보다 메리 제인을 더 사랑하느냐고 버스터에게 물었죠. 버스터는 매우 기분 나빠 하면서 절대 아니라고 했어요. 버스터는 그래도 믿기지 않으면 모든 것을 내게 남긴다는 유언장을 쓰겠다고 말했어요.

버스터가 작성한 유언장을 나는 아직 갖고 있어요. 그렇지만 버스터랑 메리 제인이 클수록 점점 더 확신이 들어요. 언제인가 둘이 결혼하게 되리라는 확신 말이에요. 둘 다 다정하고 버스터가 정말 좋은 사람이라서 결혼하면 아주 좋을 듯해요.

그렇지만 어쩌죠! 결혼식에 늙은 모습으로 참석하는 일쯤이야 걱정하지 않아요. 버스터는 그때 내가 살아 있다면 신랑 들러리를 해달라고 했거든요. 그렇지만 나는 알죠. 그때가 되면 내가 살아 있지 못하리라는 사실

유언장

모든 이에게 알려 드립니다.

나, 타이그 브라운은 내 사랑하는 친구이자 동료인

버스터 브라운에게 내 모든 개인 재산, 소유물, 재화, 동산을

양도합니다.

멋진 목줄 하나, 개 목걸이 하나, 어떤 흠집도 없는 개집 하나,

좋은 뼈다귀 여섯 개를 허락합니다.

— 타이그 브라운

증인 버디 터커

타이그 브라운이 쓴 유언장.

을. 시간이 더 지나기 전에 유언장을 써서 버스터를 사랑하는 내 마음을 보여 주려 해요.

16장

버스터의 친절한 마음과 속임수들

개의 천국을 생각하기

버스터와 내가 동물학대방지협회와 오듀본협회* 회원이라는 사실을 말한 적 없었죠. 버스터 엄마는 언제나 버스터한테 동물에게 친절하고 부드럽게 대하라고 가르쳤어요. 그렇지만 버스터는 동물을 너무 사랑하기 때문에 결코 동물들에게 잔인하게 대할 수 없었고, 다른 사람이 동물을 학대하는 모습도 참지 못하기 때문에 엄마가 한 가르침은 사실 필요가 없는 것이었어요. 버스터가 얼마나 동물에게 친절한지 잘 보여 주는 이야기를 하나 들려줄게요.

가을이 되고 추운 어느 밤 집에 쥐가 들어왔어요. 여름 내내 우리가 뛰어논 들판에서 살던 쥐들이었죠. 밤이 되면 쥐들은 술래잡기나 숨바꼭질을 하면서 벽을 타고 다니며 끔찍한 소리를 냈어요. 쥐들은 아주 대담하고 성가셨죠. 참다못한 아빠는 철사로 된 쥐덫을 사서 집 안 곳곳에 놨어요. 다음 날 아침 친구 보비 클라크하고 놀다가 들어온 버스터는 덫에 걸린 쥐 한 마리를 발견하고 겁에 질려 거의 정신을 잃을 뻔했어요. 덫에 걸린 쥐가 어

---

* 동물학대방지협회(Society for the Prevention of Cruelty to Animals)는 전세계 비영리 동물 복지 단체를 가리킵니다. 1824년 영국에서 처음 시작됐습니다. 1905년에 창립한 오듀본협회는 미국에서 활동하는 환경 운동 단체입니다.

떻게 될지 버스터는 안 봐도 알 수 있었죠. 쥐를 죽이는 짓은 너무 잔인하다고 엄마에게 말했어요. 그래서 버스터는 빵과 치즈를 덫 안에 넣었어요. 사나흘 같이 놀면서 쥐가 길들여지기를 기다렸어요.

다른 조치를 해야겠다고 결심한 버스터는 쥐를 들판에 풀어 주자고 했어요. 그래서 버스터랑 보비, 어떤 여자아이 세 명이 쥐하고 함께 들판으로 출발했죠. 풀려난 쥐가 배고플까 봐 빵과 치즈도 잔뜩 가져갔죠. 집에서 800미터 떨어지고 키 큰 풀이 가득한 들판에 도착하자 모두 모여 쥐덫을 열었어요.

쥐는 천천히 나와서 주위를 둘러보더니 다시 덫 안으로 들어갔어요. 그러자 아이들은 쥐덫을 흔들어 쥐를 떨어트린 뒤 문을 닫아야 했죠. 그러자 쥐는 작은 여자아이가 입은 드레스 위로 재빨리 달려가더니 주머니 속에 들어가 숨었어요. 아이쿠! 어쩌죠? 아이들은 루스의 주머니에서 쥐를 꺼내 빵과 치즈 옆에 내려놓은 다음 발이 보이지 않을 정도로 빨리 달렸어요. 버스터가 고개를 돌리니 따라오려 애쓰는 불쌍한 작은 생쥐가 보였지만, 소용이 없었죠. 우리가 너무 빨리 달리는 바람에 쥐는 들판에서 길을 잃고 말았죠.

불쌍한 버스터는 그날 밤 몹시 슬퍼하면서 며칠 먹을 먹이를 받고 들판에 홀로 남은 불쌍한 꼬마 생쥐를 위해 기도했어요. 보비는 그 말을 진지하게 여기지 않았어요. 생쥐를 두고 하는 순수한 농담이라고 생각했죠.

"산타 할부지를 미찌 않으면 암거또 받을 쭈 없겠쮜?"

보비는 이렇게 말했는데, 제대로 해석하면 이 정도 되겠죠.

"산타 할아버지를 믿지 않으며는 아무것도 받을 수 없겠지?"

버스터는 무엇에게도 결코 심술궂지 않았어요. 나는 버스터가 훌륭하고 좋은 어른으로 자랄 수 있다고 믿어요. 버스터가 친 모든 장난은 호기심 때문이거나 그냥 웃고 싶어서 한 짓이었어요. 아빠 신발을 바닥에 붙인 일도 그저 재미 때문이었어요. 버스터가 접착제 통을 뒤집는 바람에 접착제 위에 앉지 않았다면, 그냥 재미있는 장난으로 끝날 일이었죠.

아이쿠, 끔찍했죠! 엄마가 들어와 발견할 때까지 우리 둘은 적당히 따뜻한 접착제 위에서 신발만 보고 앉아 있었어요. 벗어나고 싶지만 둘 다 움직일 수 없다는 사실

치료를 마친 뒤.

을 알았어요. 신발이 바닥에 붙을 때 우리도 바닥에 같이 붙었거든요. 브라운 부인은 버스터가 입은 바지 단추를 풀고 바지에서 버스터를 꺼내 처치를 했어요.

그렇지만 나는 바지를 벗길 수 없잖아요. 엄마가 접 착제에 뜨거운 물을 붓는 몇 시간 동안 나는 꼼짝없이 거기에 앉아 있어야 했어요. 내가 앉아 있던 마루를 잘라 내는 바람에 저절로 떨어질 때까지 마루 조각을 붙인 채 지내라고 하더군요. 그 뒤 며칠 동안 엉덩이에 붕대와 베 개를 감고 다녔는데, 가끔 그 사실을 까먹고 꼬리를 흔 들 때마다 울부짖어야 했죠.

버스터는 누구를 다치게 하거나 뭘 부술 의도는 없 었지만, 가끔은 예상하지 못하게 그런 짓을 저지르기도 했어요. 버스터가 달걀을 깔고 앉을 때 나는 웃음을 멈

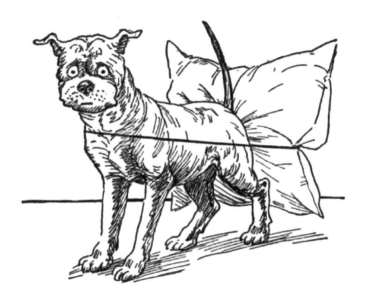

나는 며칠 동안 베개를 착용했어요.

출 수 없었죠. 불쌍한 꼬마 멍청이! 가장 편안한 안락의
자에 달걀 한 판을 놓고 그 위에 앉는다고 생각해 봐요.
엄마가 들어와 평소보다 조용히 앉아 있는 버스터를 보
고 외쳤어요.

"정말 사랑스러워!"

버스터는 알이 부화하려면 얼마나 오래 앉아 있어
야 하는지 물었어요.

"3주야."

엄마가 다정하게 대답했어요.

"뭐라고요?"

버스터는 펄쩍 뛰면서 말했어요.

"다 끝났어요. 알을 부화시킬 수 없어요."

브라운 부인은 한눈에 알아챘어요. 의자에 깨진 달
걀 수십 개가 보이고 버스터가 입은 옷도 차마 내보일
수 없을 정도였죠. 아이고, 버스터, 버스터! 엄마에게 '노
발대발 찰싹찰싹'을 당했죠. 그것도 아주 많이요.

브라운네 집에는 식탁 가까이 놓인 벽난로 위에 장
식품이 없었는데, 버스터가 그곳에서 밥을 먹기 때문이
었어요. 나는 어른이 된 주인이 어린 시절에 친 장난을
떠올리며 자주 웃겠다고 생각해서 내 친구 버스터가 기

항상 충실한.

억을 잊지 않게 하려고 이 책을 쓰고 있어요.

개를 사랑하는 아이들이 수천 명, 어린 주인을 사랑하고 주인을 위해서 죽을 수도 있는 개가 수천 마리 있어요. 그래서 개가 천국에 간다고 생각해요. (물론 좋은 개들만요.) 아이랑 개가 함께 놀고 함께 지낸 달콤하고 행복한 날들이 끝나고 영원히 헤어지는 상상을 하려니 기분이 썩 좋지 않네요. 만약 내가 아주 좋은 개라면 언젠가 천국에 가겠죠. 날개를 달고 있으면 정말 웃기겠죠? 그러나 우리 모두 세상에서 더 그럴 수 없을 만큼 선하다면, 세상이 전부 다 옳기 때문에 다음 생을 걱정할 필요도 없겠죠.

자, 아이들아, 책을 마무리하기 전에 한 가지 꼭 당부하고 싶은 말이 있어요. 동물에게 불친절하거나 잔인하게 대하지 말아요. 동물들이 얼마나 섬세한지 모를 거예요. 동물들도 사람만큼 고통을 느낀다는 말이죠.

이제 작별 인사를 해야겠군요.

타이그 브라운.

지은이

리처드 펠튼 아웃코트(Richard Felton Outcault, 1863~1928)는 미국 만화가다. 현대 만화의 선구자로 불린다. '옐로 키드(The Yellow Kid)'와 '버스터 브라운(Buster Brown)' 시리즈로 잘 알려져 있다. 1888년 토머스 에디슨이 운영하는 회사에서 도면 일러스트 작업을 하기 시작해 공식 아티스트로 임명됐다.

《옐로 키드》는 처음으로 이미지와 텍스트가 밀접하게 결합된 만화였는데, 그 뒤 이런 형식이 표준으로 자리 잡으면서 만화가 대중 매체로 발전하는 데 중요한 이정표가 됐다. 만화 역사가 빌 블랙비어드는 《옐로 키드》가 '만화 형태를 완성한 역사상 최초의 만화'라고 평가하기도 했다.

'옐로저널리즘'이라는 말을 탄생시킨 주인공도 아웃코트다. 1889년 퓰리처 사가 발행하는 《뉴욕 월드》와 허스트 사가 발행하는 《모닝 저널》이 선정성을 앞세워 과당 경쟁을 벌였다. 이때 《뉴욕 월드》가 《옐로 키드》를 1면에 내걸어 엄청난 인기를 끌자 선정주의 미디어를 가리켜 옐로저널리즘이라고 부르기 시작했다.

아웃코트는 1902년 《뉴욕 헤럴드》에 부유한 집에서 태어난 장난꾸러기 소년 버스터 브라운과 불도그 타이그가 등장하는 이야기를 연재했다. 이 만화와 만화 속 캐릭터들은 《옐로 키드》보다 더 큰 인기를 끌었고, 어린이 신발 등 여러 상품으로 개발됐다. 그중 아내 이름을 딴 메리 제인은 지금도 유명한 구두 디자인으로 남아 있다.

아웃코트는 1890년 크리스마스에 영국 랭커스터 출신 은행가의 손녀인 메리 제인 마틴하고 결혼했다. 마지막 10년은 신문 연재 작업에서 은퇴한 뒤 그림을 그리며 보냈고, 1928년 이민자들의 마을인 뉴욕 시 플러싱에서 세상을 떠났다.

옮긴이

서다연은 대학교에서 철학을 공부하고 여러 출판사를 다니며 편집자로 일했다. 《림버로스트의 소녀》를 번역했다.